似非老人と珈琲

―薄志弱行―

瀬戸正洋

新潮社
図書編集室

似非老人と珈琲 ―薄志弱行― ◆目次

装幀／平野甲賀＋大森賀津也

似非老人と珈琲

——薄志弱行——

I
薄

遠心分離式脱水機酷暑かな

偶発的な出来事隠元豆ほつこり

朝寒や茶房に後継者は二人

ぺらぺらのサンダルつま先が痒い

アルミ缶潰す空に満月海に満月

原爆忌山寺までの石段は険しい

原爆忌にんげんには距離が大切

原爆忌詐欺師歩いてゐたりけり

アイスコーヒーはたつぷりとひとりかな

シンデレラのやうな少女や天の川

犬猿の仲と言はれてちんちろりん

長男の嫁と大根おろしかな

Ⅰ　薄

ぬひぐるみの中はにんげん文化の日

温め酒心配事のあるにはある

かみなりのときどき落ちて都会かな

秋簾不愉快な客もたまにはゐる

いなびかり珈琲淹れる背中かな

茸狩り曲がつた腰は戻らない

そぞろ寒紙おしぼりの束がある

自転車の空気を入れる残暑かな

Ⅰ　薄

にんげんの眼は死んでゐる胡桃

林間学校太鼓も撥もオブジェかな

アルバイトとパートの違ひ西日かな

夏の宵ピンセットの先が合はない

寒鴉電話の用件が気になる

ウイルスが飛び跳ねてゐる毛糸

冬枇やにんげんうろうろしてをりぬ

極月や種々雑多なる本積めり

一方通行を左折しぐれてゐたりけり

綿虫や気づかれないことは嬉しい

雪焼や顔のかたちがすこし変

炭の火の弾けてやきとり屋の孤独

にんげんに指ありポインセチアとギター

柿落葉場末のスナックの燐寸

誰かに何かを知らせたかつた冬木

灯油買ふ冬の銀河が落ちてきた

小学唱歌秋の歌らしよくはわからぬ

十二月八日のスケッチブックとラジオ

冬の日の薄志弱行似非老人は躓く

冬日和からだはまるくなりにけり

数へ日やオートバイは右折したがる

ねんねこの珈琲テイクアウトかな

立冬や頭痛と歯痛と目の疲れ

去年今年この世あの世と人は動く

木の芽和へにんげんに進化は必要である

三月や免疫力も落ち体力も落ち

夏深し上からの命令だから困る

夕立やストップウォッチが止まる不思議

からだぢゆう痒くて秋の蛍かな

頭痛が棲み着いてしまつた九月

ソープレスソープ閻魔詣でかな

Ⅱ

志

元日や疑問に愚問迎合は五分

鉛筆の芯を冬の夕焼けが折つた

目の裏が痒い焼酎緑茶割

除草剤散布する長靴に裂け目

冬の日の厨房一段低きかな

極月や濡れた手紙が置いてある

精神的にも肉体的にも菫かな

粉雪や庭の小石が動き出す

襟巻や支払ひはキャッシュレスに限る

台風一過古新聞と古雑誌

花蘇枋アプローチは面倒臭い

秋めくや化粧室から男の集団

信条は前に出ぬこと鬼やらひ

横丁の入口にある雪のかたまり

門松や歩けば転ぶそれでも歩く

正月や無人の神社は開けつ放し

にら雑炊木端微塵にことごとく

極月やアドバイザーは三人居る

責任転嫁ばかりしてゐる海鼠かな

正論は不愉快潤目鰯かな

ころころと寒月相模の海へかな

笑顔厳禁ヒステリックな牡丹かな

虎 落 笛 仙 骨 尾 骨 恥 骨 か な

鞦やトレーシングペーパーを数へる

花より団子悪徳商法かも知れぬ

はじめての保育園三月生まれかな

油照り首のうしろに何かがゐる

両足の痺れチューリップを買へり

春深し潜水艦から人がぞろぞろ

やはらかな草餅やはらかな地震

あの世にも春昼はある祖父母かな

黄色人種であること西東三鬼の忌

にんげんと月と月見草と電球

デジタルや水田に囲まれてゐる茶房

ボサノバや機械が珈琲を淹れる

羊の毛剪る手の感覚がすこし変

書きはじめは難しのうぜんかづらかな

悪は可能だらうか鬼百合のをんな

ところてんいくら期待をしても無駄

げぢげぢの殺したはずが失せにけり

かりかりのベーコン暑中休暇かな

水羊羹疑心暗鬼の夫婦かな

チケットは内側に折る夏帽子

立冬や古地図半分が破損

ジャズドラマー歪んだ春昼を叩く

身に入むや純正部品てふ中古

春深し問答無用の妻のひとこと

釣銭をテーブルに積む梅雨寒し

ないところにはないあるところには小豆

辛辣にしてシニカル夏痩せにけり

悩むこと迷ふこと苦しむこと九月

ゆらゆらと出目金眼精疲労かな

交差点を左折気付かれない立秋

相談に乗つていただけますかと熟柿

蠅叩本腰を入れた途端に頭痛

コンビニのコピー機真つ黒なおでん

きつねのてぶくろ一皮むけば女かな

Ⅲ

弱

しならせてしならせて遠泳の右腕

さくらんぼ口のまはりがむずむずす

砂糖水をかしくなくても笑ひけり

穴子食ふ間抜けな顔をしてゐたり

短日や藪から棒に金の話

鰯雲ガソリン二十リットルは重い

言葉とは記憶のことである、立冬

転がつて転がつてゆでたまご残暑

雁来月あなたを避けた理由とは

ストローの底を吸ひ込む秋気かな

身に入むや癒しのメカニズムとは微妙

肌寒や酒が好きだから太る

十月やノオトに縦線二本引く

なんとなく憂鬱なんとなくかなかな

寝待月逆玉の輿てふやつかみ

やや寒のウエイトレスは屈みけり

月蝕の妻とは違ふをんなかな

木の実落つ書くことはいくらでもある

節穴に目のあるとうすみとんぼかな

冬至南瓜何も決められないをんな

冬至餅ご先祖様の建てた家

ちやんちやんこ恨みを買つてしまひけり

何もかも投げ遣り雑煮餅は薄い

法師蟬ゆつたりとした間取りかな

口出しせずにはいられなかつた立春

寝心地悪しきハンモックの夜景

酒場には酒場のやうな冬の蝿

へつつい猫気候変動かも知れぬ

ほろほろ鳥ほろほろほろ歩いてゐる二月

ゆく春や原稿用紙を横に使ひ

からたちの花やウエイトレスに遅番

生きることに辟易へりおとろおぷかな

春夕焼横断歩道に靴の片方

グルコサミンコンドロイチン余寒かな

冬深む欠伸はゆつくりとたつぷりと

はだれ野に困つた男と女かな

ひきこもることは大切春火鉢

理不尽な啞蟬容赦のない解析

アルカリ性単純温泉藪蚊かな

悪循環断つはうれんさうのソテーかな

ふらここや双子の姉妹は転ぶ

春惜しむかちかち山のやうな山

ぺんぺん草熟練工は猫背かな

変化する言葉変化する石鹼玉

Ⅲ　弱

反戦歌とは恋歌のこと牡丹の芽

朧夜やコンタクトレンズが落ちた

デルモンテトマトケチャップこどもの日

ふらここや男性ホルモンが足りぬ

千社札剝がれげぢげぢつかまへる

青梅雨やノオトのうへを眼鏡が滑る

竹の皮脱ぐ内憂外患かも知れぬ

除虫菊プレッシャーは半端ない

断捨離には飽きた玉葱は水に浮き

らつきようと福神漬や森のテラス

ハンモック平衡感覚とは不思議

バランス崩す虫眼鏡の中の蟻

コメディーとシリアス毒消売が通る

昆虫採集正義の味方だから逃げる

梅雨深しノオトばらばらにほどける

蚊の声の遠ざかつていく嫌味かな

遠雷やデータベースが間違つてゐる

空梅雨の医者に行くにも予約かな

銀行へとぼとぼ歩く蟬の殻

平和主義者とは厄介なもの白雨

Ⅳ 行

にんげんも猫も薄情サングラス

へりくだることは大切赤い薔薇

石と石ぶつかる八月の意志の欠片

バケツから亀の子ゆらゆらと生きる

茗荷の子地球とか月とかで揉める

放浪など真つ平御免かたつむり

汗べつとり埃のたまつてゐる夫婦

老眼とかなかな拾ひ読みでも疲れる

ソーダ水ウエイトレスは行方不明

折鶴と国家満身創痍の烏の子

七月の足首摑んでから胡坐

こほろぎは逃げ出す人手不足かな

食ひ散らかした言葉食ひ散らかした西瓜

愚作ばかり並べてみても夏の蝶

苦虫を潰す油虫を潰す真昼

三伏や娘と帰る家が異なる

朝凪やにんげん円形楕円形

えぞにうの花や余計なことは断る

短夜やブラックコーヒーの孤独

炎昼やコレステロールのたぽたぽす

蟬の殼十年前の手帳かな

十メートルの巻尺つくつくぼふしかな

頭陀袋を女は持つやはたた神

放言癖のをとこ泳いでゐたりけり

絵日記の絵もなく文字もなく晩夏

風知草いけしやあしやあと笑ひけり

未消化の苺モチベーションの話

主流派と非主流派と秋の蚊と

オルガナイザーに珈琲二百十日かな

八朔や右ポケットに解毒剤

うまいことそうでないこと石榴かな

おべんちやら言つてみたものの厄日

蓮の実飛ぶ元の木阿弥だとしても

紅葉且つ散る年を取つても欲の塊

そぞろ寒あたまに言葉がひつかかる

胃下垂でも胃曼珠沙華が折れた

二百十日の水分補給してをりぬ

水からくりイノベーションとモチベーション

ひとつづつ剝がれるものに嘘としめぢ

身に入むや珈琲依存症かも知れぬ

生き甲斐は何かと問はれ十三夜

仏手柑空が青いから歯痛

丁重にお断りします天の川

背中から真つ逆さまに秋の暮

秋の日や突然有線放送が流れる

新涼や脳の瘡蓋が取れた

四月馬鹿自虐と毒舌と孤独

「これは私の仕事」かなかなが落ちた

どぶろくや確認できなくても同意

金柑や親指腫れてゐるやうな

そば処の名刺ぺらぺらしてをりぬ

かたまつてゐる落葉かたまつてゐる子供

恨みごとたつぷり春昼もたつぷり

からだの中の胃酸暴れてゐる残暑

秋蝶や海抜十一メートルの図書館

十二月感熱紙のレシートはまるまる

やや寒や愚直に生きることに飽いた

端とか隅とかが好きで九月かな

二百十日の腕立て伏せは疲れる

閉め切つた雨戸夕日のうろうろす

冬深し畑の土を盗みけり

V

雑

冬晴れや子供は親をよぢ登る

座る立つ歩く跳ねる猿回しかな

クリスマスイヴトランポリンが壊れた

冬の蝿老人と老人の父と母と

かなかなや二股三股四股かけ

日向ぼこ拾つた言葉を組み立ててみても

極月や賛否両論外の論

秋の日やコーヒーショップの紙袋

冬ぬくし見張りのやうな男が二人

寒月と舞台音響装置かな

大寒や寄木細工の眼鏡置き

昼のメニューから夜のメニューへと新酒

やや寒の何から何まで嘘のかたまり

こりこりとごりごりごりと年のくれ

冬三日月歓楽街で転びけり

底冷えや根に持つ性格だと思ふ

氷柱折れ心の危険身の危険

爪弾きされてゐるやう冬ぬくし

ネガティブな言葉集めて日短か

寒木瓜や臆病者はとかく横柄

神の留守泥船も十分に舟である

狸罠期待するから馬鹿をみる

厳寒や存在すること自体が不快

置炬燵こざかしくもさもしくも姑息

狸がゐて犬がゐて猫がゐて強風

煮凝の孤独緩んでしまひけり

霜柱しつかり読んでしつかり書いて

アリナミンＥＸプラスα桃柳

朧夜のタクシー珈琲店へ入る

春惜しむ珈琲一杯分の小銭

春の蚊の表情ありて消えにけり

薔薇の芽やはきはきしてもわざとらし

時の記念日希望失望のあと希望

ががんぼや少子高齢化の話はうんざり

朧夜やいつでもどこでも四面楚歌

寄居虫には寄居虫なりの呪縛

「余計なことは言はぬ」は余計蜆汁

夏の日の棚田は窮屈かも知れぬ

走り梅雨眼鏡のフレームの劣化

咳止めと解熱剤扇風機は中古

さみだるる酔つた勢ひてふ一歩

危機意識あるにはあるが烏の子

鉄線花虎視眈々と逃げにけり

まひまひや男と男にもある格差

几帳面なエッセンシャルワーカーのバナナ

かきむしつたあとの汗疹や脱原発

潮風や軽い体操のあと昼寝

冷奴余計なものがうへにたつぷり

ドローン的俯瞰白鷺的俯瞰の罠

夏の日や足首だけが濡れてゐる

曇入りのコーヒー牛乳夏の風邪

こんなところに世界遺産や砂糖水

更衣メリットデメリットとその両方

丸坊主になつた老人夏はじめ

竹の皮脱ぐ二酸化炭素ふはふはふは

黒南風や海底ケーブルは切れた

打水や羽目外すことは罪悪

低姿勢のにんげんばかり百合の花

牡丹の芽パフォーマンスは大事かな

春惜しむ抽出エキスぽたぽたぽた

四月尽依怙地になつてみたものの

噴水やトリックアート展のトリック

朧夜や氷と水道水とを混ぜる

あまりよいにんげんではない暖冬

春の虫「カルト・オブ・デス」と「でもくらしい」

几帳面なをんなの荷造り油虫

サングラスとタブレット端末と軟膏

薄志弱行　―あとがきに代えて―

信条というほど大げさなものではない。

反省のことばでもない。

余計なことはしたくない。

なるべくなら黙っていたい。

十七くらいの音数がちょうどいいのかも知れない。

それでも饒舌だと思ってしまう。


「薄志弱行」、味わい深いことばだと思う。

山村で暮らしているので車は不可欠である。外出してもアルコールは控えるようになった。

そんな訳で、珈琲店へ通うことになる。

三百句まとめた。


刊行にあたっては元新潮社の編集者・森重良太氏にお世話になった。装幀担当の大森賀津也氏とともに、感謝申し上げる次第である。

また前著『亀の失踪』につづいて、装幀には、グラフィック・デザイナー、平野甲賀先生の書体をふたたび使わせていただいた。平野先生は、前著刊行後の二〇二一年三月に、八二歳で鬼籍に入られた。御礼とともに、心からのご冥福をお祈り申し上げます。

二〇二四年春

瀬戸正洋

【寄稿】
平野甲賀さんと瀬戸俳句

富樫鉄火

二〇二一年三月、日本を代表するグラフィック・デザイナーにして装幀家の平野甲賀さんが亡くなった。享年八二。

平野さんがデザインした本は、誰が見てもすぐにわかった。その描き文字（タイポグラフィ）がユニークで強烈なのだ。どこか怒っているような、爆発しているような、それでいて優しさやユーモアも併せ持つ不思議な書体で、〈平野甲賀体〉などと呼ばれた。

何度か、展覧会も開催されたが、本のカバー・デザインで個展を開催できたひとは、数えるほどしかいない。いま書店にならぶなかで、もっとも多くの人に知られているのは、沢木耕太郎『深夜特急』全六巻（新潮文庫）の装幀だろう。

＊

そんな平野さんの、装幀家としての最後の作品のひとつが、二〇二〇年九月刊、『亀の失踪 瀬戸正洋句集』（新潮社図書編集室）だった。もちろん、多くの仕事を同時進行で抱えておられたので、どれかひとつを「最後の作品」と決めることはむずかしい。しかし、少なくとも

【寄稿】　平野甲賀さんと瀬戸俳句

『亀の失踪』は、ほぼ「遺作」に近いお仕事のひとつだったようだ。

これは、新潮社装幀室のＯＢで、いまでも同社の本を手がけている装幀家の大森賀津也さんの仕掛けである。大森さんは、平野さんと公私を超えた長年の親交があった。たまたま『亀の失踪』の装幀をお願いすることになり、「わたしが（装幀を）やってもいいけど、平野甲賀さんに頼んでみようか」といい出した。瀬戸さんの俳句が、いわゆる花鳥風月を美しく詠んだような作風ではないことを感じて、ありきたりの装幀では面白くないと思ったらしいのだ。

編集者も瀬戸さんも「ほんとうに平野さんがやってくれるのか」と、びっくりしたが、大森さんは「大丈夫だよ。著者や作品の有名無名で仕事を選ぶ方じゃないから」と平然としていたらしい。いうまでもなく、お二人の長年の信頼関係が根底にあってこその話であることは、まちがいない。

実はわたしは、瀬戸さんとは神楽坂句会でご一緒しており、その縁で前著でも巻末エッセイを依頼されていたのだが、この話を聞いて「こりゃ、すごいことになったな」と欣喜雀躍した。当の瀬戸さんも半信半疑で「ほんとうに、そんなすごい方がやってくださるんですか」と呆然となっていた。

できあがったデザインは、有名な〈平野甲賀体〉が躍る、いかにも平野さんらしいものとなった。

＊

今回、『亀の失踪』につづく句集を上梓するにあたり、装幀をどうするか、編集部がふたたび、大森さんに相談した。もう平野さんは、この世におられない。しかし大森さんは、「やはり、前著のイメージを踏襲した方がいいから、今回も〈平野甲賀体〉を、使わせていただこう」という。そして、幸い、ご遺族から許諾をいただくことができた。かくして天上の平野さんと、下界の大森さんの「合作」による、今回の装幀デザインとなった。

こうしてみると、〈平野甲賀体〉と瀬戸俳句は、相性がいいような気がする。〈愚作ばかり並べてみても夏の蝶〉（57頁）、〈壜入りのコーヒー牛乳夏の風邪〉（84頁）——たとえばこんな句を、今度は〈平野甲賀体〉で読んで（見て）みたい、そう思うのは、わたしだけだろうか。

（とがし・てっか　音楽ライター）

【著者略歴】　瀬戸正洋（せと・せいよう）

一九五四年生まれ。

多田裕計に師事。

れもん二十歳代研究会に参加。

春燈「第三次桃青会」結成に参加。

月刊俳句同人誌「里」創刊に参加。

著書に、句集『へらへらと生まれ胃薬風邪薬』（巴書林）、句集『亀の失踪　瀬戸正洋句集』（新潮社図書編集室）ほか。

似非《えせ》老人《ろうじん》と珈琲《こうひい》

—薄志弱行《はくしじゃっこう》—

著 者

瀬戸《せと》 正洋《せいよう》

発 行 日

2024 年 3 月 25 日

発行　株式会社新潮社 図書編集室

発売　株式会社新潮社

〒162-8711　東京都新宿区矢来町 71

電話　03-3266-7124

印刷所　錦明印刷株式会社

製本所　加藤製本株式会社

ISBN978-4-10-910273-5 C0092

価格はカバーに表示してあります。